KB139282

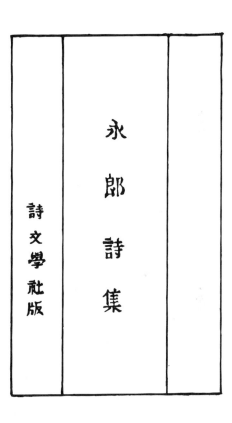

永郎詩集

詩文學社版

詩　　集

내마음의 어뒷듯 한편에 꼿업는

강물이 흐르비

도커오르는 아츰날빗이 빤질한

은결을 도도네

가슴엔듯 눈엔듯 또 피스줄엔듯

마음이 도른도른 숨어잇는곳

내마음의 어뒷듯 한편에 꼿업는

강물이 흐르네

돌담에 소색이는 햇발가치

풀아래 우슴짓는 샘물가치

내마음 고요히 고흔봄 길우에

오날하로 하날을 우러르고십다

새악시볼에 떠오는 붓그럼가치

詩의가슴을 살프시 젓는 볼결가치

보드려한 에메랄드 얄게 흐르는

실비단 하날을 바라보고십다

A thing of beauty is a joy for ever.

--Keats—

어덕에 바로누어

아슬한 푸른하날 뜻업시 바래다가

나는 이것습비 눈물도는 노래를

그하날 아슬하야 너무도 아슬하야

이몹이 쉬러운줄 어덕이아 아시련만

마음의 가는우슴 한때라도 업드라냐

아슬한 하날아래 귀여운맘 질기운맘

내눈은 감기엿다 감기엿다

뉘
눈결에 쏘이엿소

왼홍 수집어진 · 커 하날빛

담안에 복숭아꽃이 붉고

밧게 봄은 벌쉬 재앙스럽소

피꼬리 단두리 단두리 로다

빗 꼴ㅅ작도 붓그려워

홀란스런 노래로 힌구름 피여올리나

그속에 든 꿈이 더 재앙스럽소

「오―매 단풍 들것네」

장광에 골붙은 감닙 날러오아

누이는 놀란듯이 치어다보며

「오―매 단풍 들것네」

추석이 내일모레 기둘니리

바람이 자지어서 걱정이리

누이의 마음아 나를보아라

「오―매 단풍 들것네」

「바람이 부는대로 차자가오리」

흘린듯 괴약하신 님이시기로

행여나! 행여나! 귀를종굼이

어리석다 하심은 너무로구려

문풍지 쉬름에 몸이 커리어

써리는 한박눈 가슴 해여처

헛보람! 헛보람! 몰랏스료만

날다려 어리석단 너무로구려

눈물에 실려가면 山길로 七十里

도라보니 찬바람 무덤에 몰리네

서울이 千里로다 멀기도 하련만

눈물에 실려가면 한거름 한거름

뱃장우에 부은발 쉬윔가보다

달빗으로 눈물을 말릴가보다

고요한 바다우로 노래가 떠간다

쉬름도 붓그려워 노래가 노래가

쓸쓸한 뫼아페 후젓이 안즈면

마음은 갈안즌 양금줄 가치

무덤의 잔듸에 얼골을 부비면

넉시는 향맑은 구슬손 가치

산꼴로 가노라 산꼴로 가노라

무덤이 그리워 산꼴로 가노라

구비진 돌담을 도라서 도라서

달이 흐른다 놀이 흐른다

하이안 그림자

은실을 스르르 모라서

꿈밭에 봄마음 가고가고 또간다

님 두시고 가는길의 애끈한 마음이여

한숨쉬면 꺼질듯한 조매로운 꿈길이여

이밤은 깝깝한 어느뉘 시골인가

이슬가치 고힌 눈물을 손꼿으로 깨치나니

허리띄 매는 시악시 마음실가치

꽃가지에 으는 한 그늘이 지면

한날의 내가슴 아즈랑이 낀다

한날의 내가슴 아즈랑이 낀다

11

풀우에
매쳐지는
이슬을
본다

눈섬에
아롱지는
눈물을
본다

풀우엔
청귀가
꿈가치
오르고

가산은
간곡히
입을
버린다

12

좁은길가에 무덤이 하나

이슬에 커지우며 밤을 새인다

나는 사라쳐커별이 되오리

뫼아래 누어서 희미한 별을

밤ㅅ사람 그립고야

말업시 거러가는 밤ㅅ사람 그립고야

보름넘은 달그리매 마음아이 쉬어로아

오랜밤을 나도혼자 밤ㅅ사람 그립고야

숨향긔 숨길을 가로막엇소

발끝에 구슬이 깨이여지고

달따라 돌길을 거러다니다

하룻밤 여름을 새워버렷소

15

처녁때
붓잡지
누구라
눈물을

처녁때 외로운 마음
못하야 거러다님을
부러주신 바람이기로
눈물을 빼아서가오

16

문허진 성터에 바람이 쎄나니

가을은 쓸쓸한 맛 뿐이구려

허끝허끔 산국화 나붓기면쉬

가을은 애닯다 소색이느뇨

산人골을　노리터로　커난시악시

가슴속은　구슬가치　맑으련마는

바라뵈는　먼곳이　그리움인지

동우인채　山길에　섯기도하네

18

그 새시 서럽다 그 얼꼴 그 동자가

가을 하날가에 도는 바람숫긴 구름조각

헙수하고 쉬느라워 어대로 떠갓스랴

그새시 서럽다 옛날의 옛날의

바람에 나붓기는 갈닙

여울에 희롱하는 갈닙

알만 모를만 숨쉬고 눈물매즌

내 청춘의 어느날 서러운 손짓이여

20

뻘은 가슴을 쳐히 벗고

개풀 수집어 고개숙이네

한낮에 배란놈이 커가슴 만첫고나

뻘건 맨발로는 나도작고 간지럽고나

다정히도 부러오는 바람이길내

내숨결 가부엽게 실어보냇지

하날갓을 스치고 휘도는 바람

어이면 한숨만 모라다 주오

떠날려가는 마음의 포렴한 길을

꿈이런가 눈감고 헤아리려니

가슴에 선뜻 빛갈이 돌아

생각을 끈으며 눈물 고이며

그밧게 더아실이 안게실거나

그이의 커진옷깃 눈물이라고

빗나는 별아래 애닯은 입김이

이슬로 매치고 매치엇슴을

뵈지도 안는 입김의 가는실마리

새파란 하날끝에 오름과 가치

대숲의 숨은마음 기허 차즈려

삶은 오로지 바늘끝 가치

사랑은 기프기 푸른하날

맹세는 가범기 힌구름쪽

그구름 사라진다 쉬럽지는 안으나

그하날 큰조화 못믿지는 안으나

26

미움이란 말속에 보기실흔 아픔

미움이란 말속에 하잔한 뉘침

그러나 그말삽 씹히고 씹힐때

한거풀 넘치여 흐르는 눈물

눈볼속 빛나는 보람과 우슴속 어둔슬픔은

오직 가을하날에 떠도는 구름

다만 後첫하고 줄대업는마음만 예나이제나

외론밤 바람슷긴 찬별을 보랏슴니다

28

밤이면 고총아래 고개 숙이고

낮이면 하날보고 우슴 좀 웃고

너룬 들 쓸쓸하야 외론 할미꽃

아모도 몰래 지는 새벽 지진별

뷘 포케트에 손 찌르고 폴•애 를레ㅣ느 찿는 날

왼 몸은 흐렁흐렁 눈물도 찟금 나누나

오ㅣ 비가 이리 쫄쫄쫄 나리는 날은

쉬른 소리 한 千마대 썻스면 시퍼라

쥐꼭조만 마조 호동글 사라지면

목속의 구슬을 물속에 버리려니

해와가치 떳다지는 구름속 종달은

내일 또 새론 십 새구슬 먹음고오리

향내 업다고 버리실나면

내목숨 꺼지나 마르시오

외로운 들꽃은 들가에 시들어

힘업는 그이의 발끝에 조을걸

32

어덕에 누어 바다를 보면

빛나는 잔물결 헤일수 업지만

눈만 감으면 떠오는 얼굴

뵈올적마다 꼭 한분이구려

푸른 향불 흘러버린 어덕우에

내마음 하루사리 나래로다

보실보실 가을눈(眼)이 그나래를 치며

허공의 소색임을 드르라 한다

빠른 휠로에 조는 손님아

이시골 이덩거장 행여 이줄나

한가하고 그립고 쓸쓸한 시꼴사람의

드나드는 이덩거장 행여 이줄나

생각하면 붓그러운 일이여라

석가나 예수가치 큰일을 할니라고

내가슴에 불덩이가 타오르든때

학생이란 피로차인 붓그러운때

왼몸을 감도는 붉은 피ㅅ줄이

꼭 감긴 눈속에 뭉치여 잇네

날낸소리 한마듸 날낸 칼하나

그 피ㅅ줄 딱끈어 버릴수업나

치운밤 촛불이 쩌르르 녹어버린다

못견되게 묵어운 어느별이 떠러지는가

어둑한 꿀목꿀목에 수심은 떳다 가란칫다

치운맘 이한밤이 모길기도 하온가

허부얀 조히등불 수집은 거름거리

샘물 청히 떠붓는 안쓰러운 마음결

한해라 기리운청을 몰고싸어 힌그릇에

그대는 이밤이라 맑으라 비사이다 (除夜)

내 옛 날 온 꿈 이 모 조 리 실 리 어 간

하 날 갓 닷 는 데 깃 븜 이 사 신 가

헛 되 나 마 음 가 는 그 곳 뿐 이 라

고 요 히 사 라 지 는 구 름 을 바 래 자

눈 물 을 삼 키 며 깃 븜 을 찻 노 란 다

허 공 은 커 리 도 한 업 시 푸 르 름 을

업 되 여 눈 물 로 따 우 에 색 이 자

하 날 갓 닷 는 데 깃 븜 이 사 신 다

창랑에 잠방거리는 쉼돌을길러

그대는 랄도업시 래연스럽다

마을을 침쏠고 목숨 아서간

간밤 풍랑도 가소롭구나

아츰 날빛에 돗 노피 달고

청산아 봐란듯 떠나가는 배

바람은 차고 물결은 치고

그대는 호령도 하실만하다

아퍼누어 혼자 비노라

이대로 가진 못하느냐

비는마음 그래도 거짓잇나

사잔욕심 차커도 보나

새삼스레 잇슬리 업다

힘업고 느릿한 피ㅅ줄하나

오! 그처 이슬가치

예사 고요히 지렴으나

커귀 은행님은 떠나튼다

내가슴속에 가늘한 내음

애끈히 떠도는 내음

커녁해 고요히 지는 케

머느山 허리에 슬리는 보랏빛

오!
그 수심뜬 보랏빛

내가 일흔 마음의 그림자

한이틀 청널에 뚝뚝 떠러진 모란의

깃든 향취가 이가슴 노코 갓슬 줄이야

얼결에 여흰 봄 흐르는 마음

헛되히 차즈랴 허덕이는 날

뻘우에 철석 개人불이 노이듯

얼컥 니―는 훗근한 버음

아!

훗근한 내음 내키다마는

서어한 가슴에 그늘이 도나니

수심뜨고 애끈하고 고요하기

山허리에 슬니는 커녁 보랏빛

내마음을 아실이

내혼자마음 날가치 아실이

그래도 어데나 게실것이면

내마음에 때때로 어리우는 티끌과

속임업는 눈물의 간곡한 방울방울

푸른밤 고히맺는 이슬가튼 보람을

보밴듯 감추엇다 내여드리지

아!　그립다

내혼자ㅅ마음　날가치　아실이

꿈에나　아득히　보이는가

향맑은　옥돌에　불이달어

사랑은　타기도　하오련만

불빛에　연긴듯　희미론　마음은

사랑도　모르리　내혼자ㅅ마음은

바람따라 가지오고 머러지는 물소리

아조 바람가치 쉬는쳐도 잇섯스면

흐름도 가득찰랑 흐르다가 흘러보지

더러는 그림가치 머물렀다

밤도 山꼴 쏠쏠하이 이한밤 쉬여가지

어느뉘 꿈에돈셈 소리업든 못할소냐

새벽 잠ㅅ결에 언듯 들리여

써무건머리 선듯 싯기우느니

황금소반에 구슬이 굴럿다

오 그립고 향미론 소리야

물아 거기좀 멈췄스라 나는 그윽히

취창공의 銀河萬年을 헤아려보노니

모란이 피기까지는

나는 아즉 나의 봄을 기둘리고 잇슬테요

모란이 뚝뚝 떠러쳐버린 날

나는 비로소 봄을 여흰 서름에 잠길테요

五月어느날 그하로 무덥든 날

떠러쳐누은 꼿닙마처 시드러버리고는

천지에 모란은 자최도 업서지고

뻐쳐오르든 내보람 서운케 문허젓느니

모란이 지고말면 그뿐 내 한해는 다 가고말아

三百예순날 하냥 섭섭해 우옵내다

모란이 피기까지는

나는 아즉 기둘리고 잇슬테요 찰란한 슬픔의 봄을

그밤 가득한 山정기는 기최엽시 소슨 하얀달빛에 모다쓸리우고

한낮을 향미토우라 올리든 시내人불소리 마저 멀고그윽하야

衆香의 맑은돌에 맺은 금이슬 구을러흐트듯

아담한 꿈하나 여승의 호젓한품을 애끈히 사라젓느니

千年옛날 쫓기여간 新羅의아들이냐 그빛은 청초한 수미山나리꽃

청녕 지름길 섯드른 힌옷입은 고흔少年이

흡사 그바다에서 이바다로 고요히 떠러지는 별人살가치

옆山모롱이에 언듯 나타나 앞꼴시내로 삽분 사라지심

승은 아까워 못견되는양 희미해지는 꿈만 뒤조찻스나

갚없는지라 돌여 밝는날의 남모를 귀한보람을 품엇슬뿐

못기라 사슴만 뛰여보여도 반듯이 그려지는사나이 지낫섯느니

고혼敎의 거동이 잇슴죽한 맑고드인날 해는기우는게

승의보람은 아루윗느냐 가엽거라 미묵청수한 젊은선비

앞시내ㅅ물 모히는 새파란 쏘에 몸늘 던지시니라

(佛地菴은 內金剛幽寂한곳에 허무러져가는
古刹 무젊은숭이 그외스님을 뫼시고잇다)

물 보면
흐르고

별 보면
또렷한

마음이
어이면
늙으뇨

힌 날에
한숨만

끝업시
떠돌든

시절이
가엽고
멀어라

안쓰런 눈물에 안겨

호흐님 차힌곳에 빗방울도 듯

늣김은 후즐근히 흘러흘러 가것만

그밤을 홀허안스면

무심코 야윈볼도 만커보느니

시들고 못피인꽃 어쉬떠러지거라

降仙臺 돌바늘끝에

하잔한 인간 하나

그는 버ㅣ르서

불타오르는 湖水에 뛰여써려써

제몸 살윗드라면 조핫슬 인간

이제 몃해뇨

그황홀 맛나도 이몸신듯 못써던지고

그찰란 보고도 노래는 영영 못부른채

커처드는 물결과 차우다 넘기고

시달린 마음이라 더러 눈물 매첫네

降仙臺 돌바늘끝에 벌써

불살윗쉬아 조핫술 인간

사개들닌 古風의퇴마루에 업는 듯이 안처

아죽 떼오를귀쳐도 업는달을 기들린다

아모런 생각업시

아모런 뜻업시

이제 커 감나무그림지가

삿분 한치식 올마오고

이 마루우에 빛갈의방석이

보시시 깔니우면

나는 내하나인 외론벗

간열픈 내그림자와

말업시 몸짓업시 서로맛대고 잇스러니

이밤 옴기는 발짓이나 들려오리라

마당앞

맑은새암을 드려다본다

커집혼 땅밑에

사로잡힌 넉잇서

언케나 머ㄴ 하날만

니여다보고 게심가터

별이 총총한

맑은새암을 드려다본다

쉬 김흔　땅속에

편히누은　넉 잇서

이밤 그눈　반작이고

그의것몸　부르심　가러

마당앞

맑은새암은　내령혼의얼골

황홀한 달빛

바다는 銀장

친지는 꿈인양

이리 고요하다

불르면 내려올듯

청뜬 달은

맑고 은은한 노래

울려날듯

커 銀장우에
떠러진단들
달이야 쉴마
깨여질나고

떠러쳐보라
커달어서　떠러커라
그홀란스럼
아름다운　련동　지동
후첫한 三更
산우에 홀히
꿈꾸는 바다
깨울수 없다

울어 피를뱉고 뱉은피는 도루삼켜

평생을 원한과 슬픔에 지친 적은새

너는 너룬세상에 서름을 피로 색이려오고

비눈물은 數千세월을 끈임업시 호려노앗다

여기는 먼 南쪽땅 너쪼껴 숨죽한 외딴곳

달빛 너무도 황홀하야 후첫한 이 새벽을

송긔한 비우름 千길바다밑 고기를 놀내고

하날人가 어린별들 버르르 떨니겟고나

몇해라 이三更에 빙빙 도ㅡ는 눈물을

숫지는못하고 고힌그대로 홀너윗느니

쉬럽고 외롭고 여윈 이몸은

퍼붓는 네 슬人잔에 그만 지늘것느니

무섬人정 드는 이새벽 가지울니는 커슴의노래

커긔城밑을 도라나가는 죽엄의 자랑찬소리여

달빛 오히려 마음어둘 커힌등 호늣겨가신다

오래 시들어 팔히한마음 가고지워라

비란의넉시 붉은마음만 꼿꼿 시들피느니

지른봄 옥속 春香이 아니 죽엇슬나되야

옛날 王宮을 나신 나히어린 임금이

산人골에 홀히 우시다 너를 따라가섯드라니

古今島 마조보이는 南쪽바다ㅅ가 한만흔 귀향길

千里망아지 얼넝소리 챈듯 멈추고

선비 여윈얼골 푸른불에 띄웟슬케

네 恨된우름 죽엄을 호려 불럿스리라

너 아니울어도 이세상 서럽고 쓰린것을

이른봄 수풀이 초록빗 드러 물내음새 그윽하고

가는 때넢에 초생달 매달려 애긋한 밝은어둠을

너몹시 안타가워 포실거리며 홋홋 목메엿느니

아니울고는 하마 죽어업스리 오! 不幸의넉시여

우지진 진달내 와직지우는 이三更의 네우름

희미한 줄山이 살풋 불러쉬고

조고만 시골이 흥청 깨여진다

(杜鵑)

흐르 흐르르 흐르르르 가을아참

취여진 청명을 마시며 거닐면

수풀이 흐르르 버레가 흐르르르

청명은 내머리속 가슴속을 꿰쳐들어

발끝 손끝으로 새여나가나니

온살결 터럭끗은 모다 눈이요 입이라

나는 수풀의 청을 알수잇고

버레의 예지를 알수잇다

그리하야 나도 이아참 청명의

가장 고읍지못한 노래人군이 된다

수풀과버레는 자고깨인 어린애

밤새여 빨고도 이슬은 남엇다

남엇거든 나를 주라

나는 이청명에도 주리나니

방에 문을달고 벽을향해 숨쉬지안엇느뇨

해人발이 커음 쏘다오아

청명은 갑작히 으리으리한 冠을 쓴다

그때에 토록 하고 동백한알은 빠지나니

오— 그빛남 그고요함

간밤에 하날을 쯧긴 별쌀의 호름이 커려햇다

윈소리의 앞소리오

윈빛갈의 비롯이라

이청명에 모근 쵀여진 내마음

감각의 낯닉은 고향을 차젓노라

평생 못떠날 내집을 드릿노라

金允植著　永郎詩集

昭和十年十月廿日印刷

昭和十年十一月五日發行

著作兼發行者　京城府積善洞一六九番地　朴龍喆

印刷所印刷人　京城府堅志洞三二番地　漢城圖書株式會社　金鎭浩

積善洞一六九　詩文學社　發行　京城府

振替口座京城一八六〇五番

頒價壹圓

漢城圖書株式會社　總販賣所

That summer

Part of That summer Publishing Co.
Web site : blog.naver.com/jgbooks
605-ho, 52, Dongmak-ro, Mapo-gu, Seoul, #04073 South Korea
Telephone 070-8879-9621 Facsimile 032-232-1142 Email jgbooks@naver.com

永郎詩集

Published by That Summer Publishing Co.
First original edition printed by Simunhaksa, Korea
This recovering edition published by That Summer Publishing Co. Korea
2016 © That Summer Publishing Co. all rights reserved.

영랑시집 1935년 초판본 오리지널 디자인

지은이 김영랑 | **기획 및 자문** 김동근 **디자인** 에이스디자인

1판 2쇄 2016년 5월 1일 | **1판 1쇄** 2016년 4월 30일 | **발행인** 김이연 | **발행처** 그여름

주소 서울특별시 마포구 독막로 52, 605호(합정동)

대표전화 070-8879-9621 | **팩스** 032-232-1142 | **이메일** jgbooks@naver.com

ISBN 979-11-85082-35-6 (04810)